Emmerich Nilson

Zehn Jahre Einsamkeit

Eine Novelle zur Beziehungslosigkeit des Alltags,
und zur Psyche des Seins

Herstellung und Verlag:
BoD-Books on Demand, Norderstedt
ISBN: 978-3-7322-3426-4

Perpetuum mobile

Es geht die Kugel ihren Weg,
der Weg geht über alles hinweg,
da doch alles steht, geht der Weg,
wenn das so weitergeht.

Nun plötzlich kommt alles in Gang auf seinem Weg,
keiner versteht den Weg, den vorher keiner begeht,
so rollt die Kugel ihres Weges,
bis sie vermeintlich steht.

So soll sie denn rollen im Spiel des Lebens,
wer meint, es sei vergebens, verkennt den Sinn des Lebens,
des Seins gewahr, dass man geboren, zeugte und gebar,
gezeugt im Sein der Vergänglichkeit des Scheins.

Fürwahr war er der Kugel entkommen,
derentwegen er des Weges gekommen,
so rollt nun er die Kugel des Seins auf einem ziellosen Wegelein,
zumeist allein und doch im Schein des Seins.

Eine Vision im Sinn,
die im Kommen schien, erscheint ein Schein, bringt Licht herein,
öffnet die Tür – wir alle sind hier allein und zugleich auf unserem
Wegelein in Schein und Sein.

Rollt oder gerollt zugleich ist man im Vergleich des Scheins und
Seins, begreift sich selbst und selbst sich allein und allgemein im
Sein auf dem Wegelein.

Die Sonne erscheint in der Ruhe auf hoher See,
noch keiner ist erwacht, noch keiner hat es bedacht,
es geht voran – wohlan,
es leuchtet das Ziel, noch bevor es einer erkennen will.

Inhaltverzeichnis

Szene im Dorfwirtshaus

Zerfetzt und zerschlissen, fast in den Kübel geschmissen, verschlissen und geschliffen, fast über den Jordan gepfiffen, sitzt der Depp in seiner Position bei einem Häferl Kaffee in der Union. Nun fängt der Wichser auch noch an uns zu belehren. Eine Schweinerei, die sich zur Unerträglichkeit gebärdet. Solche Trotteln hamma no´ braucht in diesem Land, als hätt´ ma net scho g´nuag davo´. Es ist eben eine Schweinerei!

Dabei war Sven von seinem Traum vom Fliegen fasziniert. Er war frei von der Last der Vergangenheit dem entkommen, was man für ihn vorgesehen hatte und wovon es in der Regel kein Entrinnen gab. Er flog, höher, immer höher – allein die Starkstromleitungen schienen eine Gefahr darzustellen. So begann es denn mit einem Kindheitstraum, der verwirklicht worden war.

Einerseits stand Sven immer im Weg, obwohl er doch niemandem im Weg sein sollte. Daher ging er eben fort von jenem Ort der Vorherbestimmtheit, wo sich diese Altlast der Geschichte befand, von der er nichts wusste, wohl keiner wusste, sie aber trotzdem fortlebte, ohne dass es die Menschen dort als solche zu erkennen vermochten.

Es beginnt ein Gerangel, das kein Ende mehr nehmen will.

Ziellos am Ziel

Robert kommt vorbei, er hat ihn erkannt und folgt ihm seither unerkannt. Man war aus der Zeit miteinander bekannt, von der man nichts mehr wusste. Unwissend, wie man war, schloss man daran an. Dieses Jahr gab es so viel Schnee wie schon lange nicht mehr.

Die Bereitschaft zu vergessen war groß. Man könnte erwarten, wo jedoch nichts zu erwarten war.

Jörg und seine Ehefrau treffen Sven im Dampfbad. Auch Robert und Ella finden sich ein. Rainer meldet sich zwar, kommt aber nicht. Er ist lieber mit seiner neuen Russin unterwegs.

Sven trägt sich nun in seiner neuen Gemeinde ein. Warum er das erst jetzt tut, wo er das doch schon vor zehn Jahren hätte tun können, bleibt schleierhaft. Er war sich nie bewusst, dass er hier eigentlich ein U-Boot ist. In dem Moment tritt jedoch auch schon die Destabilisierung seiner Lebensumstände ein. Sie hatte sich zwar zuvor schon angekündigt, blieb aber doch vorerst im Verborgenen. Wozu soll man diesen Wahnsinn denn auch niederschreiben, wenn man doch ohnehin nichts dagegen unternehmen kann? Man könnte es also an einem Freitag den Dreizehnten beginnen lassen – nur fiktiv und doch real.

Sven steht nun – neben ihm der Bär – an einem Abgrund: Eine Zwillingsgeburt des Himmels fällt zu Boden, und dem Krankenpfleger bleibt es nur, danach aufzuräumen. Es ist schwer, gute Freunde zu finden. In dieser unglaublichen Situation der Gefahr und des Anblicks der Katastrophe zur Handlungsunfähigkeit verurteilt, stehen zehn Jahre Einsamkeit ins Haus, die nun den zehn Jahren seines Daseins als U-Boot folgen sollen, da man sie Sven nun aufzwingen will, weil er sich an diesen Abgrund vorgewagt hatte. In der Erkenntnis liegt die Freundlichkeit des menschlichen Umfelds und die Abreise zur neuen Bestimmung, samt einem Anwalt als Chauffeur, der auf dem letzten Streckenabschnitt eingepreist ist.

Sven ist also in dem Moment, wo er sich einträgt, nicht mehr Herr der Lage. Dabei sollte man doch das Gegenteil erwarten. In dieser Zwangslage verharrt er nun, da sie doch ausweglos erscheint, und jeder ... Alleine Ella und Robert stehen ihm bei und führen ihn in eine Situation von Brüchen und Kontinuität.

Mario, Bruno und Christina setzen sich für Sven ein. Auch Barbara lenkt ein. Dies alles wird von einer Scheinschwangerschaft von Svens Ehefrau und zwei weggeworfenen und wiedergefundenen Aprikosenkernen (Marillenkernen) begleitet. Das Bemühen um die beiden Aprikosenkerne (Marillenkerne) könnte letztlich Früchte tragen.

Es wird also jedenfalls mit fünf bis sechs Jahren zu rechnen sein, es können aber unter erschwerten Bedingungen auch mehr sein.

In der neuen Gemeinde halten sich die althergebrachten Einwohner, von denen Sven eigentlich Loyalität erwarten sollte, auf Distanz. Im Radio gibt es Mozart, und dazu besucht er mit Ella eine Ausstellung über Stalins Hochhäuser. Rainer meldet sich wieder einmal, und Ella findet Zeit zum Abendessen. Zitronen und Mandarinen umrahmen diesen Abend.

Sven will nun den sich anbahnenden Ereignissen zuvorkommen, da seine Großtante beim Anblick des neuen Hauses verstorben ist und er daher Schlimmes befürchtet. Und immer wieder Mozart ... Rainer meldet sich, und Sven geht mit ihm und einer bunten Truppe auf einen Ball. Es ist eisig, einsam und befremdend, was er dort und in weiterer Folge erlebt. Es kehrt jedoch danach Ruhe ein, Robert und Ella kommen zum Abendessen. Michael meldet sich – man geht mal auf einen Kaffee.

Sven greift an seinem Kapitänsschreibtisch zu Feder, Zirkel und Fernrohr aus Aluminium in dem Moment, wo seine Großtante verstirbt. Helmut und Robert kommen vorbei. Bruno und Mario stehen für eine friedliche Lösung ein. Die Felder sind abgeerntet. Ein Höhenflug in die Stratosphäre steht nun bevor. Bruno und Mario werden das für ihn sicherstellen.

Ein Gepard in seiner Geschmeidigkeit und Geschwindigkeit, der doch auch ein Marder gewesen sein könnte – es war nicht klar zu erkennen und könnte am Ende noch alles retten. Sven sieht zwei Möwen, die zwei kleine Hunde vom Himmel fallen lassen, die schnell zu ausgewachsenen Tieren mutieren.

Ein Drohbrief und Unreife stehen danach im Raum, die jedoch durch die Freundlichkeit von Bruno und anderen Kollegen begleitet sind. Sven besucht daraufhin mit Rainer die Sauna. Danach gibt es Pizza – wie bestellt. Auch Jörg und seine Frau nebst einigen anderen sind dabei. Es gibt schließlich doch noch ein Nachspiel, das auf Barbara abzielt.

So besteht die Hoffnung, dass Svens Bonsai weiter wächst.

Gilles bietet Sven schließlich eine Lösung an, dem aber für Sven neuerlich noch an demselben Abend die Reise an seinen eigentlichen Ort der Bestimmung folgt. Auch dazu ist aber anschließend noch eine Mediation erforderlich, die von einer Reise im kleinen Kreise begleitet ist. Die Situation bleibt kryptisch und von Ängsten bis hin zur Paranoia begleitet. Erst danach stellt sich Ruhe ein. Es geht also ums Geld! Barbara steht dabei schließlich wie eine Heilige da, und Sven steht als jener da, der sie vor Zeugen beleidigt haben soll. Eine kurzzeitige Rückkehr in den kleinen Kreis folgt.

Danach findet sich Sven an einem Teich wieder, in dem sich eine orangefarbene Schlange mit grünem Kopf aufhält, am Ufer saufen ein paar Riesenechsen. Der Fuchs läuft zuvor weg. Zwei Einheimische – sympathisch und komisch zugleich – bringen Sven danach vor den Fernsehapparat. Es folgt der Sprung ins klare Wasser, wo es sich herrlich schwimmt. Man kann hier den Tellerrand in seinen verschiedenen Auswirkungen erkennen. Wie aggressiv entlang dieser Ränder auf Krümel geachtet wird. Das Ufer, an das man kommt, ist durch verschiedene Faktoren doch auch vorgezeichnet. Die Kaninchen grasen vor dem Haus, und die Hasen wollen darin massenweise eindringen. Der Zirkus geht also weiter.

Sven trifft auf Holger und muss sich ab nun beim Essen anstellen. Dabei gibt es viel Kleinkram zu erledigen. Er kennt ihn nun zwar schon eine ganze Weile, aber in seiner neuen Rolle tritt er ihm nun erstmals gegenüber. Auch Rainer meldet sich wieder.

Svens Ehefrau beginnt nun das Dessert mit viel Zucker zu servieren. Er schwimmt danach im klaren See und hat dabei den Magen voll mit Wasser gefüllt. Der offene englische Wagen, den er fährt, taugt nichts, und die Steckdosen in seiner Wohnung sind auch nicht in Ordnung. So bleibt ihm an diesem Abend nur die Bertha-von-Suttner-Ausstellung.

Der Jagdhund von Svens Bruder wird von einem Wildschwein verletzt. Im klaren Wasser des Sees entdeckt Sven dabei einen siamesischen Zwillingsfisch.

In weiterer Folge gerät Sven jedoch auf eine Hochschaubahn der Gefühle. Depressionen stellen sich ein. Die darauffolgende Reise führt Sven wieder an seinem eigentlichen Ort der Bestimmung. Dieses Mal begleiten ihn Einsamkeit und Enttäuschung. Binnen weniger Tage entfremdet sich Sven seinem Umfeld und verliert den Sinn seines Lebens in seinem bisherigen Dasein. Es macht sich eine große innere Unruhe in Sven breit. An jenem Abend folgt dann die Veranstaltung über Mozart. Die Frage, die dabei aufgeworfen wird und unbeantwortet bleibt: Warum ist Mozart nie nach Moskau gereist? War er jemals eingeladen?

Man kann hier nur Vermutungen über Katharina die Große anstellen. Es bleibt jedoch eine Merkwürdigkeit in diesem *Fauxpas,* die unbeantwortet bleibt.

Sven ist gezwungen weiter mit seinem Schicksal zu hadern und sieht sich sogar gezwungen seine Koffer zu packen. Es zeichnet sich nun doch plötzlich eine Liebesaffäre ab. Freiheit steht zur Disposition, und Robert und Ella treffen sich mit Sven – etwas merkwürdig. Rainer hingegen sagt den geplanten Kinobesuch plötzlich ab. Danach entspannt sich die Situation wieder, allerdings tritt allerhand Ungetier wie Kröten und Giftschlangen im Umfeld auf den Plan.

Auch ein Schwein wird geschlachtet. Peter, Holger, Thomas und Robert treten danach auf den Plan. So entspannt sich die Situation wieder. Die Situation entspannt sich endgültig bei einem gemeinsamen Ausflug mit Rainer. Die schmutzige Wäsche ist danach gewaschen. Nach diesem Wechselbad der Gefühle tritt nun die Mafia auf den Plan, womit die weitere Stagnation vorgezeichnet ist.

Svens neue Energie und Motivation verpufft in dieser Struktur des Verharrens umgehend wieder. Dazu stellt sich auch noch ein nächtliches Erdbeben ein. Das Chaos als Resultat dieses Erdbebens führt zu neuer Seenot als U-Boot, die von Bruno mitverursacht wird. Sven beginnt sein seelisches Inselleben in dieser Situation der Seenot.

Er beginnt aber dabei schon nach Auswegen in dieser Situation zu suchen und an seinem eigentlichen Ort der Bestimmung die Angelegenheiten voranzutreiben. Sven ist nun fürwahr kein Wagner-Fan, aber die Situation bringt ihn zu einer Aufführung „Der fliegende Holländer". Er kann sein innerliches Brennen dabei nur mit Mühe beherrschen. So muss es Moses beim Auszug aus Ägypten und der Suche nach dem gelobten Land ergangen sein. Aber es gab wohl keinen anderen Weg, um aus der Unterdrückung befreit zu werden. Er ist dabei nicht ganz alleine. Gabriele unterstützt ihn bei dieser Empfindung.

Danach läuft Sven bei einem Spaziergang plötzlich zwei Dachsen hinterher. Einer davon beißt ihn dabei. Er erblickt dabei urplötzlich auch noch ein riesiges Stachelschwein, das bedrohlich wirkt. Svens berufliches Dasein wird eingehend kommentiert, und man versucht ihn als Trotzkisten darzustellen.

Er besucht daraufhin kurzerhand seinen ehemaligen Klassenkameraden Hans, der inzwischen zum Schafbauern mit Ab-Hof-Vermarktung mutiert ist. Auf diese Erlebnisse folgt wieder eine Reise im kleinen Kreise, die dieses Mal nicht ganz ohne Berührungspunkte mit der hohen Kabinettspolitik abgeht. Am Rückweg vorbei beim Juwelier wird Sven daraufhin erstmals seine Vergänglichkeit bewusst. Ob es Zufall ist, dass dies ausgerechnet am Geburtstag seines Großvaters war, der zu seiner Zeit ein Opponent der Diktatur war, vermag man nicht zu sagen.

Zu allem Übel versucht sich auch noch ein Latino mit seiner Snackbar in Svens Wohnung einzumieten. Als Sven dies Harry erzählt, muss dieser darüber sehr lachen, womit es für Sven wiederum zur bleibenden Erinnerung wird. Harry lebt heute glücklich verheiratet in Brasilien. Sven hingegen geht mit Ella danach zum Abendessen. Danach scheint Sven mit seiner Ehefrau glücklich zu sein, sie will aber doch lieber schwimmen gehen, womit das Glück dann schließlich doch ausbleibt. Robert und Ella hatten sich inzwischen davongestohlen. Irgendwo hier taucht dann plötzlich auch Fritz, begleitet von einem Witz, bei Sven auf.

Svens Drama scheint so sein Ende zu finden. Christian geht dabei mit ihm zu Mittag essen. Annamaria ruft an, und Rainer schickt ihm jede Menge SMS. Auch er geht schließlich mit ihm abendessen. Annamaria begleitet Sven zum indischen Tanzfestival. Sven ist danach für einige Tage vollkommen erschöpft. Schließlich geht er mit Georg aus. Das führt sodann sofort zu Heuschnupfen.

Sven macht schließlich mit Rainer gemeinsam einen Ausflug nach London und Silverstone. Es befällt ihn dabei eine spontane Begeisterung für Aluminium. Welche Gefahren davon ausgehen, wird ihm erst viel später klar, und er ist letztlich froh, dass es nur bei der Begeisterung dafür geblieben ist. Schließlich folgen noch ein Abstecher nach Oxford – wo man an John R. R. nicht vorbeikommt.

Ein Abend mit Regina und Rainer in London, der Erklärungsbedarf zeigt und zur bleibenden Erinnerung mutiert.

Christian und Manfred gehen mit Sven mittagessen, um ihn ins Zwielicht zu rücken. Danach geht er alleine abends ins portugiesische Lokal abendessen und entdeckt seine Liebe zur portugiesischen Küche. Eine unerfüllte Liebe, die über Jahre geht, aber leider unerwidert bleibt und einen zwiespältigen Höhepunkt erlebt. Sie bleibt aber auch in ihrer Unerfülltheit denkwürdig, was wiederum seine Inspiration in einschlägiger Literatur oder gar der Weltgeschichte sucht.

Schließlich läuft Sven Mario über den Weg. Es ist eine große Freundlichkeit um ihn entstanden. Rainer ruft abends an. Sven bricht jedoch mit seiner Ehefrau endgültig. Die Angelegenheit erschöpft ihn für einige Tage, und es folgt eine lange Nacht mit Rainer, Klaus, Roland und Jörg. Sven ist danach nachdenklich und etwas depressiv.

Viktor gibt eine Party und lädt dazu auch Sven ein. Hier gibt's viel roten Wein. Es stinkt förmlich danach. Tags darauf geht Sven mit Ella letztlich noch auf ein Bier. Sven verbringt danach einen herrlichen Sommer. Auch Gilles lädt ihn zu einem netten Abend ein. Sven stellt sich mit einem *Pinot Gris* ein. Das *Boeuf à l'orange* an dem Abend ist einzigartig und wird zur bleibenden Erinnerung für alle.

Bei einer anderen Gelegenheit, die näher an Svens eigentlicher ursprünglicher Bestimmung liegt, trifft er auf Astrid, Doris und Manfred, wo man sohin gleich wieder gegen ihn anzüglich wird. Was sind das für Leute! Zu allem Überfluss meldet sich Richard, ein alter zwielichtiger Freund, nach einigen Tagen am Telefon. Sven geht danach zum Konzert von *Apocalyptica* ... Für Sven folgen daraufhin sehr entspannende Wochen.

Sven befällt in weiterer Folge ein gewisses Bedürfnis nach Ruhe, aber auch ein fast faustischer innerer Antrieb, große Pläne zu schmieden, gefolgt vom Bedürfnis, sein Testament zu machen. Es ist eine gewisse Beruhigung eingetreten. Es entsteht bei ihm erstmals der Eindruck, dass er zu viel Geld ausgibt.

Ella und Thoralf gehen mit Sven abendessen. Thoralf und Sven nehmen danach noch zwei Caipirinhas zu sich. Es entsteht Ordnung, gefolgt von einem kurzen Moment starker Depression. Es ist noch immer der schöne Sommer, der es war und der versprochen war, und es gelingt dabei sogar eine Erstbesteigung – ein Sommer, der nach Zitrone duftet und letztlich voller erfüllter Sehnsucht bleibt.

Das Blatt fällt im Blätterwald und wendet sich dabei

Der Herbst sah schließlich die Blätter fallen, und es entstand das Gefühl in Sven, dass man ihn beruflich neuerlich in die zweite Reihe zurückdrängen möchte. Sven begannen neuerlich Zweifel zu plagen. Das Zitronenbäumchen verlor seine Blätter, und es drohte einzugehen. Die Hoffnung, dass es wieder austreibt, besteht zwar noch, doch Sven räumt es vorsorglich zuvor weg. Er lebte von nun an in der Angst, im Keller eingeschlossen zu werden.

Danach folgen merkwürdige Begegnungen für Sven, die von heftigen zwischenmenschlichen Auseinandersetzungen gekennzeichnet sind. Vorzeichen von Herbststürmen, die ihm schließlich einen schweren grippalen Infekt einbringen, der ihn ins Bett zwingt. Es ist Erntezeit. Die Erntemaschinen werden zur Bedrohung und verfehlen ihn dabei nur knapp. Der Zitronenbaum, der doch schon Früchte trug, verlaust schließlich auch noch. Fritz der Witz war wohl einer der Auslöser dafür. Katharina kommt zu Hilfe.

Svens Motivation nimmt wieder Formen an. Im Wechselbad der Gefühle verbringt man Zeit an einem Ort, ohne mit jenen zu sein, deretwegen man das alles eigentlich tut, wovon letztlich Dritte profitieren. Man lebt es nur unter der Haut und erlebt es so gleichwohl.

Nun beginnt die Zeit, wo man Sven eigentlich nicht mehr wahrnehmen möchte. Svens Engagement nimmt trotzdem zu. Er trifft aber auf große Ignoranz um sich.

Da man ihn ohnehin nicht mehr wahrnimmt, erscheint er auf höchstem Niveau so als unbeschriebenes Blatt, ohne dabei erkannt oder aber auch nur wahrgenommen zu werden. Es scheint gekehrt und verkehrt, so soll sich das Blatt wenden – gewendet haben, indem es nun seine Kehrseite zeigt. Er wird so zum unbeschriebenen Blatt. Diese Situation mündet sehr schnell in eine Pattsituation, in der keiner mehr versteht, worum es eigentlich geht. Sven entschließt sich, diese Situation des gewendeten Blattes zu bestreiken. Hier treten in weiterer Folge andere Charaktere auf den Plan, die einem sonst nie begegnen und wo man auf eine Begegnung mit ihnen auch verzichten kann – ja muss. Der Urlaub führt Sven in seiner Neugierde bei genauerer Betrachtung wiederholt ins Irrenhaus. Was allemal eine Erleuchtung für ihn zu sein scheint.

Dieser Grenzgang von Neugierde an der Grenze zum Wahnsinn, dem man dabei in die Augen blicken darf, ist ab nun sein ständiger Begleiter. Er fällt dabei dann aber auch doch immer wieder auf ein Stück Erde, wo Gott nur Menschen hinfallen lässt, die er auch liebt.

Da sich das Blatt nun nicht wendet, wächst so darauf ein zunehmender, rasch wachsender Blätterwald, dessen Ordnung bald nicht mehr zu erkennen ist. So gilt es denn weiterhin Blatt für Blatt zu spielen und dabei nicht zu kielen.

Letztlich führt dieser Weg im Blätterwald Sven auf ein einsames Eiland, dessen er immer gewahr war, dessen Betreten er aber auch immer wieder aufschob, um sich nun nicht derentwegen dort einzufinden, ohne dabei den Kreis in einer fatalen Weise zu schließen. Das Eiland zeigt sich noch von seiner freundlichen, aber weitgehend entwaldeten Seite. *Reid's Palace* bietet den Ausweg, den er im letzten Moment wählt, wenngleich er dabei nicht unerkannt bleibt und sich daher der Kreis in ganz anderer Art und Weise schließt, als er dies erwartet hätte. Die unerfüllte Liebe zur portugiesischen Küche findet hier ihren ersten mondänen, aber auch ein bisschen tragischen Höhepunkt, dem man durch – der Zufall wollte es so – nicht entkommen konnte. Die strikte Trennung von Fisch und Fleisch bei gleichzeitigem Verzehr von beidem in einer Aufeinanderfolge ist befremdend für jeden Nichtportugiesen und erinnert dabei an einen Cha-Cha-Cha. Es bleibt eine einmalige einsame Erfahrung, die nicht wiederholenswert erscheint. Wenn Sven Jude wäre, hätte es ihn wohl amüsiert. Da er nun mal keiner ist, fand er es lediglich interessant. So wird denn auch dieses Eiland nicht zum gelobten Land für ihn. Sven scheint nun vor dem Abgrund zu sitzen und neben ihm – vollkommen unerwartet – der Bär. Der Ausblick auf den Hafen ist wunderbar.

In dieser Szenerie schließt sich der Kreis des Seins.

Die Sonne ist bei ihrem Aufgang über dem Meer in ihrer Grelle nicht zu überbieten. Die Herrlichkeit in diesem Fatalismus, der unausweichlich auf uns alle zukommt, offenbart dabei auch den tödlichen Charakter ihrer Kraft, auf die wir unausweichlich angewiesen sind.

Sven befällt nun gelegentlich wieder eine leichte Depression. Er wird bei Geschwindigkeitsüberschreitungen im Stadtgebiet erwischt. Schließlich nochmals bei Rot drüber! Es beginnen sich starke Nierenschmerzen einzustellen – die Erklärung dafür folgt für ihn erst viel später. Stürme überziehen das Land und bringen Svens Zeitplan ordentlich durcheinander. Der Blätterwald um ihn wird davon ordentlich aufgewirbelt. In diesem Chaos fliegt ein vollbeladener Jumbo A380 über Svens Haus und streift und beschädigt dabei das Dach. Letztlich versucht der Pilot auch noch über das Nachbarhaus zu kommen und verliert dabei das Fahrwerk. Unglublicherweise klettert er wenig später am Nachbarhaus hoch, um dort ins Penthouse zu gelangen, um letztlich mit Sven annähernd auf gleiche Höhe zu kommen.

Das Blattspiel geht weiter, und Sven spielt taktisch seine Blätter in diesem Spiel nach den Regeln der Kunst. Es stellt sich auch weiterhin gelegentlich eine leichte Depression ein. Es begegnen ihm absurde Situationen – wie etwa ein Offizier, der in einer Telefonzelle mit Hitlergruß telefoniert.

Dieser fühlt sich schließlich auch noch bemüßigt, Sven die Erlaubnis zur Querung der Straße zu erteilen, wovon er seither regelmäßig Gebrauch macht. Dabei gingen dann auch noch im Hintergrund Feuerwerke hoch. Eine ruhige Reise auf Umwegen mit Klaviersonaten von Beethoven verschönert diesen Tag letztlich doch noch.

Sven sitzt nun jedoch alleine bei seinen Bieren im *Red Monkey*, und er verspürt noch immer seine Nierenschmerzen. Er verliebt sich dabei in eine Trienterin. Es bleibt aber nur dabei! Das Umfeld wird wieder anzüglich. Die Welt stellt sich ansonsten als Tintenfass dar. Er verbringt so wieder einige Zeit am Ort seiner eigentlichen Bestimmung. Das Blattspiel tritt hinter philosophischen Fragestellungen und einem aufkeimenden Materialismus, der die ganze Welt erfasst zu haben scheint, zurück. Diese Anstalten münden letztlich nach der Frage nach Betrügern und Betrogenen, aber bis dahin vergeht noch viel Zeit. Sven möchte hier seine neutrale Haltung gegenüber dem Treiben der Menschheit nicht verlieren und hält sich daher diskret zurück – wie auch beim Blattspiel selbst.

Sven läuft nun gelb im Gesicht an und leidet unter Blutsenkungen. Die Fronten gegen Sven sind dabei verhärtet. Sven verliert im Zug Gepäck und Identität. Alleine sein Vater scheint ihn dabei begleiten zu wollen. Svens Leberproblem wird evident. Er geht daraufhin mit Bekannten segeln.

Seine Liebe zur See rettet ihn nochmals vor der Einsamkeit. Seine Fettleber hat vermutlich eine Quecksilbervergiftung als Ursache.

Er beschließt eine strenge Diät zu halten und nimmt in kurzer Zeit acht Kilogramm ab. Das alles wirkt sich auf sein Zeitbudget sehr positiv aus. Er geht nun viel segeln und entdeckt seine Alterskurzsichtigkeit, die etwas vor ihrer Zeit eintrifft. Dieser Sommer ist nun zum Unterschied vom letzten vollkommen verregnet. Er vergeht auch nicht ohne ein neuerliches sich wiederholendes Erdbeben. Auf hoher See entspannt sich die Situation, wenngleich auch dadurch keine Lösung herbeigeführt wird, da die Herbststürme pünktlichst eintreffen.

Sven kommt zu Ohr, dass ein südamerikanischer Großgrundbesitzer seine verstorbene Frau nicht standesgemäß begraben lassen will. Danach beruft dieser die Häuptlinge der Ureinwohner, die auf seinem Land leben, ein. Schließlich geht er in ein luxuriöses, römisch anmutendes Bad, um einen Schluck zu trinken. Beim Verlassen des Bades spricht ihn von hinten eine beinahe geisterhaft anmutende Frau an. Er beginnt mit ihr gemeinsam und einem anderen Paar ein Liebesspiel in seinem Schlafzimmer, das er allerdings abrupt unterbricht, als er entdeckt, dass sie am ganzen Körper eine Allergie hat. Sie ist darüber sehr enttäuscht.

Sven plagen danach schlimme Ahnungen und Vermutungen, was das Schicksal der Menschheit auf diesem Planeten angeht. Ein Atomkrieg scheint ihm als Bedrohungsszenario wahrscheinlich. Es stimmt ihn auch melancholisch.

Er erkennt die Gefahr, die im menschlichen Handeln mit Technologien bestehen. Man sollte aber deswegen nicht Defätist sein.

Es folgt für ihn nun ein Aufenthalt im kleinen Kreis. Er ist begleitet von einem weiteren Begräbnis, und eine gewisse Depression folgt ihr auf dem Fuß. Die Alten gehen schön langsam und machen neuen Alten Platz – man beginnt dabei auch zu überaltern.

Inzwischen ist das Chaos weltweit in seinem vollen Ausmaß sichtbar. Die Riesenschlangen häuten sich von Neuem, es liegen jede Menge tote Tierföten nebst Abtreibungsinstrumenten herum. Svens zwielichtige Freunde brechen in sein Appartement ein und werden dabei von ihm ertappt. Es erscheint ausweglos, was hier passiert, und es macht Sven neuerlich depressiv, nicht ohne dass er danach wieder Mut fasst. Sven macht dazu einen Spaziergang entlang des Baches und stellt fest, dass das Bachbett voller Blätter ist und so zum Rinnsal deformiert wird. Schließlich entschließt er sich in den Blättern etwas zu wühlen und so einen chromierten Schraubschlüssel freizulegen.

Es folgt ein weiterer, danach eine Schaufel im Sand, mit deren Hilfe es Sven gelingt, einen Tümpel wieder vollständig freizulegen. Es spielt dazu im Hintergrund Tangomusik. Danach gedenkt Sven seines verstorbenen Verwandten.

Sven konsultiert nun seinen Zahnarzt. Eigentlich ein sehr verlässlicher alter Bekannter. Er scheint leicht verrückt geworden zu sein. Er diagnostiziert an ihm nur stilistische Probleme, hat aber dabei große Angst vor der Maske an Wand seiner Ordination.

Sven träumt danach von Herman Munster und Robert De Niro. Sie tauchen auf und versuchen dabei andere zu verschlucken. Es gelingt nur Herman Munster, andere zu verschlucken und so zum Riesen heranzuwachsen. Er erkennt jedoch, dass die Verschluckten innerlich nicht zusammenpassen. Robert De Niro fühlt sich von diesem nun entstandenen Riesen jedoch bedroht. Er ist aber eine Nummer zu groß für ihn. Der Riese zerfällt letztlich in sechs bis acht Zwerge, die aber an ihren Knochen nicht mehr zusammenpassen. Auch Parasiten sind dabei noch im Spiel. Die Szenarien werden also immer brutaler und abnormer.

Sven geht danach in ein Hotel und trifft dort überraschend auf seinen ehemaligen Schulkameraden Franz, der ihm bei der Gelegenheit einige Bauern auf Exkursion vorstellt. Er wird jedoch danach ihm gegenüber anzüglich. Sven geht einfach weiter. Thomas kontaktiert Sven am Telefon.

Dieser stellt ihm die Angelegenheit als patriotische Affäre dar. Dies bringt Thomas jedoch noch mehr auf, und er kontaktiert Etienne, um etwas gegen ihn zu unternehmen. Ein Augenblick des Genusses stellt sich bei Sven ein, da all das Gegrinse um ihn am Ende nichts bedeuten würde. Die Mitte scheint erreicht.

Hübsche Inderinnen und Chinesinnen flanieren an Sven vorbei. Die Toiletten hier sind so verstopft, wie man sie sonst nur in Indien so vorfindet. Sven hält an diesem Moment fest, solange er kann – *never stop exploring!* Eine Bekannte aus Malta kreuzt seinen Weg, eine Flämin sitzt dabei gegenüber. Die eine will nach La Valletta, die andere nach Prag. Eine Inderin kommt gerade an. Die Verspätung für Sven ist dagegen enorm, und Sven führt darüber genau Protokoll. Es steht eine rasante Abfahrt nach einem Anstieg in große Höhen bevor. Ernest kommt ihm in den Sinn. Kilimandscharo ja – Everest nein!

Die Zuspitzung der Situation ist also erreicht. Tags darauf folgt Barack auf George Jr. Die Vierundvierzig wird zum bestimmenden Lebenselement für das kommende Jahrzehnt. Dies scheint niemanden wirklich zu berühren – Sven schon. Sven reist daraufhin mit einem japanischen Ehepaar ein Stück seines Weges. Danach ist er wieder im kleineren Kreis. Henry will einige dünne Bücher verkaufen. Sven interessiert sich auch dafür. Er sitzt aber nun so gut wie auf der Straße.

Er schläft nun eben – nebst zwei anderen – auch auf der Straße und wird dabei von Menschen umsäumt – auch von Hans und Gabriele. Sven droht dabei von einem außerirdischen Monster aufgefressen zu werden und zündet sich deswegen eine Petroleumlampe an. Auch Gerhard, ein schlechter Freund aus seiner Kindheit, der doch ein guter Freund hätte werden können, begegnet ihm. Es kommt zu einer verbalen Auseinandersetzung.

Sven hofft aufgrund seines Hinweises an ihn schließlich doch gerettet zu werden. Die Gitter des errichteten Schweinestalles – wie er es nennt – erscheinen Gerhard zu schwach. Sie sollten getauscht werden. Letztlich war es aber niemals Svens Auftrag, hier für entsprechende Gitter zu sorgen.

Schließlich wird Sven später bei einem Empfang Philipe vorgestellt. Das kam nun völlig unerwartet! Er blamiert dabei Tilak, da er auf seinen abgeschnittenen Finger hinweist. Danach reist Sven mit einem Bus voller Ärzte weiter. Elisabeth überlegt danach ihn vielleicht doch einzuladen – eine Einladung, die bis heute aussteht.

Sven steht nun mit seinem azurblauen Anzug in einer Blechkiste neuerlich auf der Straße. Er küsst Brigitte am Straßenrand. Man einigt sich aufzupassen, wenn man es tut. Dabei fährt Edi mit seinem Auto vorbei und schleppt darin auch eine solche Blechkiste mit sich. Sven ist überzeugt davon, dass er alle seine Probleme in diesem Zustand in den Griff bekommen kann.

Ein gewisses Hadern mit seinem Schicksal ist aber auch zu erkennen. Der Weg durch diese existenzielle Ruine führt zu Svens Haus mit einem einsturzgefährdeten Baugerüst. Da er nun auf der Straße ist, nimmt er sein Fahrrad und fährt damit auf der Autobahn Richtung Berge. Er vergisst dabei den Fahrradschlauch mit entsprechender Luft zu füllen und sieht einen LKW-Stau auf sich zukommen. Er kommt schließlich mit dem Bus zurück und stellt fest, dass es Probleme mit der Zustellung der Post gab.

Der Bürgermeister scheint deswegen Probleme zu machen. Danach spricht Katharina Sven mit Josip an – wie befremdend.

Sven ist nun in Diskussionen über Wirtschaftspolitik mit Hannes verwickelt, lässt sich aber schließlich von Erich vertreten. Josef, ein früherer Klassenkamerad, gibt sein Auto, nachdem es aufgebrochen worden ist, wieder zurück. Sven räumt danach sein Büro auf. Dabei geht zwar auch viel Phantasie verloren, aber man ist eben aufgeräumter. Nun stellt sich bei Sven auch noch verfrüht ein dauerhafter Gehörschaden ein. Er ist trotzdem – oder aber auch deshalb – der glücklichste Mensch der Welt.

Es ist nun jener Zeitpunkt eingetreten, wo Sven in tiefer philosophischer Erkenntnis verweilt und fast einem Sokrates gleich auf sein Schicksal wartet und daher nochmals über das Schicksal dieser Welt innehält. Dabei hätte man ihn wohl eher für einen Diogenes gehalten.

Die Präzision auf verschiedensten Ebenen ist dabei groß, und seine Erkenntnis ist dabei frappierend genau an die wunden Punkte des menschlichen Daseins angelehnt, die ihn schließlich mit der Welt versöhnen werden.

José Manuel gedenkt bereits vorzeitig seiner am Friedhof, noch ehe er begraben ist. Da Totgesagte bekanntlich länger leben, ist dies ein gefährliches Spiel. Vielleicht tut man ihm dabei auch ein wenig unrecht, da doch sein Vater kürzlich verstarb. Es ist wohl doch eher Erhard, ein Däumling, der sich hier als die eigentliche treibende Kraft dabei herausstellt.

'S Glück is' a Vogerl – l'oiseaux fait son nid – keep walking

Im Dreiklang geht es weiter, ohne dabei den Zwischentönen und Zwischenrufen allzu viel Aufmerksamkeit zu schenken. Es ist eine kontemplative Ruhe um Sven eingetreten. Sven hält sich nun spontan an die Vorgaben von Daniel. Es treibt ihn förmlich an, bei aller Verunsicherung, die aus seinem Umfeld dazukommt. Die Zeit vergeht wie im Fluge, und die innere Unruhe hat sich etwas gelegt. Sven mutiert vom Gejagten zum Jäger – ein kostspieliges Unterfangen – wie sich noch zeigen wird. Ella taucht wieder auf.

Sven betritt in seiner neuen Rolle ein Holzhaus voller Greifvögel, die alle schlafen. Ein Greif spricht ihn an und fragt nach seinem Auftrag. Sven hält ihm den Schnabel zu und verlässt gemeinsam mit einer Gruppe von Japanern das Haus. Sven fliegt nun selbst auf dem Gehsteig dahin – mit mäßigem Erfolg. Ein Mann, der sich nicht vorstellt, bietet Sven an mit Duschgel zu arbeiten. Das Angebot, mit dem er ihn bedrängt, wird dabei immer unseriöser. Alles endet mit einer abenteuerlichen Traktorfahrt. Schließlich versucht noch der Postbote ihn reinzulegen.

Sven hat sich seit einiger Zeit angewöhnt *Pita Gyros* beim Griechen zu essen. Ein schnelles und befriedigendes Vergnügen, das üblicherweise ohne weitere Belästigung abgeht. In der Kommunikation mit Mitmenschen nimmt die Fehlerrate zu.

Svens Bedürfnis nach Schrotflinten hat sich gesteigert und stellt sich in der Form als Reinfall heraus. Eine Weihe begegnet ihm dabei rüttelnd im Wind, dort, wo man sie auch erwarten sollte. Letztlich wird Sven jedoch bei diesem Unterfangen geschnitten, als eigentlich schon alles vorbei ist. Man hat ihn eben nicht gefragt! Er hat in dem Sinne nicht darum gebeten, und doch hatte er ein Anrecht darauf erworben – ja sogar mehrmals!

Die Ausbeute dabei bleibt gegen Bezahlung eine Magnumflasche *Château Lafite Rothschild* seines Jahrganges. Zu jenem Zeitpunkt meinte er zwar, er hätte damit noch warten können, aber diese Annahme hätte sich letztlich nicht bewahrheitet. Bei der Gelegenheit überquert Sven in weiterer Folge die teuerste Brücke der Welt, was zu einem Synonym dafür wird, was ihm auf dem kommenden Schicksalsweg begleiten wird.

Sven ist danach sehr nachdenklich, und sein Bedürfnis nach Erkenntnis nimmt wieder zu. Die Vorgänge in seinem Umfeld nehmen jedoch nun kafkaeske Formen an, die aber doch inszeniert erscheinen. Es folgen unerfreuliche Begegnungen mit unerfreulichen Mitmenschen, die zu unerfreulichen Ergebnissen führen. Dem folgt eine Zufallsbegegnung mit Viktor und eine weitere mit Martin. Letzterer begleitet ihn schließlich zu seinem vermeintlichen Hotel, um es dann endgültig dabei zu belassen.

Ein verregneter Sommer folgt. Helmut II taucht dabei auch noch auf. Er bezeichnet Sven als kleines Würstel und mokiert sich über seine Präsenz. Es gibt aber auch Assoziationen mit *Contemporary Fine Thoughts*, deren Quelle sich allerdings nicht feststellen lässt. Dies trifft aber wiederum nur auf den Ort von Svens ursprünglicher eigentlicher Bestimmung zu. In dieser Undifferenziertheit treten nun Sicks auf den Plan: *Two birds, two turtles and two fish*. Sven trifft auf sie hier wie dort. Ole soll die Angelegenheit auch kommentiert haben. Sven ist seit einiger Zeit mit Vergesslichkeit konfrontiert, wie er sie bisher nicht kannte. Andererseits versucht er aus dem Schatten anderer hervorzutreten, was ihm bisher nicht so recht gelang. Georg Friedrich Händel ist angesagt.

Wo kommen all die toten Würmer plötzlich her? Die Vergangenheit wird flüchtig und verflüchtigt sich so sehr. Letztlich trifft Sven noch auf Gerhard in einem Lokal. José Manuel jagt den Stier, und Sven sieht vom Jagdstand aus zu, nicht wissend, dass er von ihm – möglicherweise irrtümlich – längst totgesagt wurde. Wissen und Macht und die Macht der Intrige machen sich breit. Heinz ruft an und lässt es dann aber auch gleich dabei bewenden. Er weicht aus. Daher ist anzunehmen, dass es letztlich doch Benita war. Svens Reise endet schließlich vor dem *Ritz* in Paris *en direct*, neuerlich auf der Straße – wenn auch vor einer mondänen Adresse, an der man sich dann noch mehr dafür schämen sollte. Er wechselt dort seine Damenhandschuhe gegen Fliegerhandschuhe, was vorerst niemandem auffällt.

Schließlich fängt Sven noch einen riesigen Fisch mit seiner Angel – ausgerechnet in der Donau! Er gibt ihn in ein Becken. Es handelt sich um einen Hecht, wie sich herausstellt. Es bleibt dabei, obwohl nicht alle damit zufrieden sind. Manche hätten lieber einen Lachs gesehen – allen voran seine Mutter.

Helmut II diskutiert mit Sven nun Europafragen – mal was ganz Neues. Es steht alles zur Disposition. Letztlich bleibt Sven aber nur, sich zu beschweren. Er ruft damit allerdings nur Neid und Missgunst, vor allem bei Peter und Louis, hervor. Danach wird der neue Vertrag von allen ratifiziert. Sven hat Glück und geht mit Cornelia und anderen in Begleitung schifahren. Das bringt ihn letztlich in die Situation, aus schwindelerregender Höhe sein Auto ins Meer stürzen zu sehen, und es bleibt ihm nur hinterherzuhüpfen, um letztlich doch noch gerettet zu werden. Danach trifft er mit seinem Vater – kaum zu glauben – auf den Papst. Helmut I wartet inzwischen die ganze Zeit auf Sven am Haupteingang – wie es aussieht, vergeblich. Er verliert dabei die Geduld, wie es scheint.

Sven hält sich danach in seiner Küche auf. Am Haupteingang des Hauses tobt währenddessen ein Sturm aus dem Blätterwald. Das schließlich entstehende Muster stellt sich als harmlos heraus. So ist das Leben doch wunderbar, wenngleich ihm danach Andi mit grimmigem Gesicht über den Weg läuft.

Svens Leben scheint sich danach zu trivialisieren. Es gilt sich jedoch vom Teer zu befreien, den man an ihm haften sehen möchte. Svens Psyche beginnt Artefakte zu produzieren. Nichts endet und alles beginnt von Neuem. Svens Leben ist nun prallvoll von allem.

Sven wird vom faustischen Element neuerlich befallen. James D. verstirbt – ein Verlust. Hannes düpiert Sven daraufhin. Sven fliegt zum Begräbnis von James rüber und verbringt mit zwielichtigen Freunden noch einige Zeit dort. Zwischendurch kehrt Sven zurück – mit einem Stein in der Hand. Man verhöhnt ihn dafür. Hier wäre nun vieles zu sagen – und doch ist das Schweigen vorherrschend geblieben. Sven zieht sich danach für den Rest seines Aufenthaltes ins *Waldorf Astoria* zurück, um dieser Häme seiner zwielichtigen Freunde zu entgehen. Er unterstützt dabei auch gerne Kasif – nicht ohne ihm seine Bedenken dabei mitzuteilen. So wechselt etwas letztlich nur vermeintlich den Besitzer, wenn auf einem geeigneten gesellschaftlichen Niveau Hilfsbereitschaft besteht.

Sven bleibt sodann ohne Arbeit und beschwert sich darüber. Er macht Björn klar, dass er hier vieles geleistet hat. Wie schon öfters in letzter Zeit ernährt er sich nun vermehrt von Rentierfleisch.

Sven geht mit Ella zum Griechen – auch das kommt in letzter Zeit öfters vor. Es scheinen Pizzastücke durch Ungeziefer abhandenzukommen, und der Rosmarinstock passt nach dem strengen Winter nicht mehr in seinen Topf.

Zu allem Übel versucht ein Einbrecher sich in Svens Arbeitszimmer breitzumachen. Sven droht ihm mit einer Anzeige. So stellt sich heraus, dass er bei der Polizei ohnehin schon bekannt ist.

Der Einbrecher rechtfertigt seinen Einbruch jedoch mit der Erkenntnis, dass dies aus seiner Sicht durch die freie Sicht von der Straße erlaubt sei. Svens Nachbarn sehen diesem Treiben teilnahmslos zu. Danach stellen sich wieder Depressionen bei Sven ein. Zu allem Überfluss versucht sich auch noch eine Prostituierte nebenan breitzumachen – letztlich doch ohne Erfolg.

Hauptsache alles Nebensache

In Svens prallvollem Leben scheint nun alles reine Nebensache zu sein. Auf diese Art und Weise werden sich seine Projekte letztlich alle am besten zu Ende bringen lassen. Sven geht danach mit Ella essen. Schließlich trifft er noch an seinem eigentlichen Ort der Bestimmung Bettina zum Essen.

Svens Jagdglück hat sich bisher als ausreichend dargestellt. Er hatte bei Rehen, Böcken und Wildschweinen sein Jagdglück erproben können. Neuerlich traf er jedoch auf einen Luchs, der ihn ganz schön anfuhr. Selbst ein Gepard schien sich ihm nähern zu wollen, zog dann aber doch wieder unverrichteter Dinge ab. Er scheint ihm aber dann noch einige Zeit nachgestellt zu haben. Damit war das Jagdfieber fürs Erste befriedigt. Sven befällt Übelkeit und Erbrechen nach dieser Erfahrung.

Schließlich knallt mit hoher Geschwindigkeit noch ein schwarzer Porsche in Svens Haus. Danach trifft Sven auf Rémi. Auch das scheint ihn nicht weiterzubringen. Trotz aller Hetze wird Sven aber nun doch Gerechtigkeit erfahren. Sven hört nun endgültig auf zu rauchen, nachdem ihn mitten in einem feucht-heißen Sommer eine schwere Bronchitis befallen hat.

Danach stellen sich erstmals Durchblutungsstörungen in seiner rechten Gehirnhälfte ein. Es unterlaufen ihm auch einige Konzentrationsfehler, die nicht ganz ohne Folgen bleiben, aber im Nachhinein von ihm richtiggestellt werden können.

Sven reist in der Folge für einige Zeit in das neue Berlin, wovon er nachhaltig beeindruckt ist. Man kann nie wissen, wo einen der nächste Schritt hinführt. Intuition kann einen führen. Rationalität führt zur Selbstverwirklichung. Hier fühlt er sich immer der Wissenschaft am nächsten, und so geht er nicht ins *Adlon*, sondern bleibt bei Freunden der Wissenschaft, solange er kann.

Sven macht eine Reise in den Süden, die er schon Jahrzehnte aufgeschoben hatte. Sie ist von schönen Erlebnissen, aber einer leichten Düpierung geprägt, der er erst zuletzt gewahr wird. Rom, Hotel *Corso* – eine alte Hauptstadt stellt sich ihm in vielen Details faszinierend dar. Es bleibt aber doch auch der saubere und ordentliche Eindruck und in vielen Details die Überraschung über das, was war. Er verabsäumt dabei nichts, was verpflichtet. Der *Via Appia* weicht er aber bewusst aus – wie überhaupt dem ganzen Süden der Stadt. Sven entdeckt seine Liebe zur italienischen Oper, der er ungewöhnlicherweise mit Haydn zu frönen beginnt. Ein Unterfangen, das nur jenseits bestimmter kultureller Grenzen überhaupt als real zu betrachten ist, da deren reale Existenz gemeinhin verleugnet wird.

Seit einigen Monaten herrscht Anarchie überall, da die Eliten versagt haben. Sven entschließt sich, nachdem er Frankfurt und Hannover einen kurzen Besuch abgestattet hatte, daher nach Helsinki als Delegierter zu reisen, um dort mehr Klarheit zu bekommen.

Die Überraschung über sein Auftreten ist groß. Er ist nicht allein, er kommt im Tross. Ein ambivalentes Händeschütteln, das letztlich nichts und niemanden zu etwas verpflichtet.

Der Kollaps ist danach offensichtlich bestätigt, und es geht weiter nach London. Hier bleibt er wie immer im *Millenium Mayfair*, wo man ihn auch schon mit der Freundlichkeit eines alten Bekannten willkommen heißt. Es herrscht große Unruhe auf den Straßen der Stadt. Danach befindet sich Sven neuerlich in Gefahr, da dort eine geknickte Säule einzustürzen droht, die aber schließlich doch hält, wenngleich Sven in einer gefährlichen Ecke verharrt. Sven entkommt noch rechtzeitig der Gefahr einer neuen Katastrophe, die ein rechtliches Nachspiel haben wird. Man nimmt sich seiner an. Die Angelegenheit geht schließlich für ihn wieder an die Nieren. Sven hat große Vorsätze, die sich schnell mit Abstrichen behaften lassen. Katastrophen treten ein, die keiner erwartet hat, und stürzen die Menschheit als Gesamtes in Ungemach.

Es kommt alles zum Stillstand, um danach wieder in Bewegung zu kommen. Sven wird klar, dass er noch immer an demselben Abgrund steht und der Bär neben ihm zu erlegen sein wird, sofern er aus der Sache rauskommen will. Für ihn beginnt nun ein mühsamer Prozess des Abwägens und Taktierens.

Auf halbem Weg, die Nebensache wird zur Hauptsache

Sven ist mit Vertrauensbrüchen von allen Seiten konfrontiert. Damit ist die Erwartung an das zu Erhoffende geschwunden. In diesem Wirrspiel bleibt das Hauptsächliche nun letztlich vorerst das Nebensächliche. Sven befindet sich nun in einem Wolkenkuckucksheim, umgeben von Ignoranz – purer Ignoranz.

Ein Ausflug nach Amsterdam bleibt eben daher nur das, was es ist. Sven ist auf halbem Weg zum Ziel in einer ziemlichen Einöde gelandet. Der Ausweg lag zu Füßen, wurde aber eben ignoriert. Somit verliert Sven seinen Rhythmus, fasst aber neuen Mut und will durchhalten. Es folgt eine Phase, in der Mut und Lethargie abwechseln. Er ist auch verunsichert, ob er hier nicht etwas übersehen hätte.

Sven zieht es für einige Zeit nach Washington D. C., da man ihn dorthin eingeladen hatte. Er findet die erwartete Gastfreundschaft im *Lantham* mit hervorragendem Restaurant vor. Georgetown freut sich über seinen Besuch. Der Aufenthalt wird durch Steaks aus Nebraska, belgische Schokolade und Mozartkugeln umrahmt. Es tun sich auch neue Horizonte auf, die inzwischen verdunkelt erscheinen. Wenngleich einige Kakerlaken das Bild trüben. Es taucht aber eine böse Ahnung auf, die mit einer Auseinandersetzung auf einem anderen Planeten beginnt, wo Sven sich besonders rücksichtslos zeigt. Schließlich hat er dabei auch noch eine Affäre mit Senta. Es bleibt also letztlich doch alles eine Affäre.

Danach scheint aber das Ziel vor Augen erreichbar. *Ask me* – oder doch *Don't ask me!* Es dürfte ein strenger langer Winter werden, da die Eichhörnchen schon so fleißig sind.

Was führt nun Sven danach nach Linz – gemeinhin nichts Gutes. Nichts wie wieder weg hier. Es beginnt ein gefährliches Spiel. Ein etwas unterkühlter Sommer hat sich eingefunden. Man bricht in Svens Schlafzimmer ein und räumt ihm dabei seine Geldbörse aus. Man stiehlt ihm seinen Gewinn. Sven nimmt abgelaufene Lebensmittel zu sich, was mit Durchfall endet. Ein Helikopter kreist danach über der Stadt. Der rote Hibiskus und die roten Rosen blühen wunderbar dieses Jahr. Der Dreiklang ist erreicht und entweicht letztlich sang-, klanglos und ungehört durch den Kamin.

Sven kehrt danach an seinen eigentlichen Ort der Bestimmung zurück. Er leidet schon seit einiger Zeit unter Haarausfall. Auch seine Kopfhaut hat sich entzündet. Er lässt dies nun von einem Dermatologen behandeln. Jagdlich bahnt sich hier für Sven schon einiges an. Ein geschmeidiger Gepard, der ihm in der Tat immer wieder zu folgen scheint, knurrt ihn dabei bei einer Schmeichelei etwas an. Sven hat keine Wahl – man lässt ihm auch keine. Er gewinnt aber doch den Eindruck, dass nun ein Leben in Freiheit und Würde für ihn bereitsteht. Dazu lässt er sich auch vorerst mal einige nicht bösartige Hauttumore entfernen.

Sven wird bewusst, dass er nun einen langen Atem brauchen wird, um ans Ziel zu kommen. Der Zeitfaktor wird zum größten Risikofaktor in allen seinen Unternehmungen. Der Weg führt ihn nun nach Speyer und danach ans Meer. Zum Ausweg wird diese Reise allerdings nicht. Ein schöner Herbst kündigt sich an. Danach kündigt sich ein langer, strenger Winter an. Die Milde kehrt aber dann nochmals zurück. In dieser beschaulichen Erwartung löst sich manches Problem. Sven wechselt nun neuerlich endgültig seine Identität und besteht. In ihm entsteht wieder ein starkes Bedürfnis nach Führerschaft. Zurück am eigentlichen Ort seiner Bestimmung, weissagt man Sven in einer Begegnung der dritten Art den Einschlag eines Asteroiden in drei Jahren. Das löst innere Unruhe in der Psyche Svens aus. Diese Wahrnehmung der dritten Art beschäftigt ihn. Irgendwie berührt es aber letztlich doch nicht, da er doch gerade erst seine Identität gewechselt hat. Insofern erscheint es ihm als Scherz, der in das Weltbild seiner neuen Identität als solcher auch sehr gut passt – potz Blitz!

Die kommenden achtzehn Monate verbringt Sven nun überwiegend am Ort seiner eigentlichen Bestimmung – nun ja, jedenfalls fünfzehn davon. Es droht sogleich wieder alles zum Stillstand zu kommen und in weiterer Folge weiter zu eskalieren. Es folgt ein Raketenabsturz im engeren Kreis. Außerirdische versuchen das Feuer zu löschen, und Sven wird letztlich freundlich von ihnen empfangen.

Svens Robustheit der letzten beiden Jahre weicht einem Schnupfen. Er erlebt eine lang erwartete Umwälzung in seinem Leben, die er nur so lange aufgeschoben hatte, da es Wichtigeres zu tun gab. Die Umwälzungen machen Svens Situation stabiler, sind aber seinem eigentlichen Bestreben dienlich, jedoch nicht sofort zielführend.

Turbulenzen ohne Ende

In weiterer Folge geht es nun in Svens Leben um abrupte Wechsel, verbunden mit Fabelwesen, die eigentlich nicht reell auftreten können. Mittelalterliche Vorstellungen treten also auf den Plan.

Ein heftiger Sturm lässt Sven plötzlich ohne Geländer auf seiner Terrasse stehen. Ein neuerliches Erdbeben reißt Sven danach aus dem Schlaf. So bleibt Sven neuerlich der Weg der Perfektionierung in einem offenen System. Es mag schön klingen, bedeutet aber für Sven neuerlich eine Enttäuschung und depressive Anwandlungen. Die menschlichen Probleme in Svens Leben nehmen zu. Es hämmert einmal mehr in ihm das Bedürfnis nach Leadership. Es emotionalisiert Sven ungewöhnlich, dieses Bedürfnis auszuleben. Es folgen einige schwere Aussetzer über einen Zeitraum von zwei Monaten, und es entsteht ein Hin und Her der Gefühle.

Wie es scheint, schalten sich nun die Gerichte ein und bringen sein Ansinnen im Ansatz zum Stehen – möglicherweise auf lange Zeit. Die Nebensache wird dadurch wieder zur Hauptsache – zumindest für die nächsten fünfzehn Monate. Ist da nun einer neben Sven in seinem Bett? Am Ende der Gepard, der ihm folgte? Was für eine unglaubliche Vorstellung!

Sven bringt letztlich auch einen Zug zum Stehen, der von einer enormen Länge mit einer enormen Geschwindigkeit dahinraste – ganz legal, versteht sich.

Er scheint dabei der einzige Passagier zu sein, der hier diesen Zug jenseits seiner eigentlichen Destinationen verlassen kann und somit in einem unglaublich surrealen opaken Szenario von Menschenleere zurückbleibt. Sven bewahrt sich wie immer dabei seinen Optimismus. Er genießt den Moment, den sonst keiner kennt!

Sven verweist nun Franz endlich auf seinen Platz, macht aber dann doch wieder Platz und nimmt wiederum seinen Platz ein. Man scheint ihn nun zu observieren. Huflattich und Breitwegerich machen sich breit. Es gilt in die neuen Schuhe hineinzuwachsen. Letztlich spricht doch alles dafür, nur menschlich steht alles dagegen, da ursächlich alles ganz anders hätte sein sollen und keiner es verstehen wollte, wo es doch offensichtlich war.

Sven sieht einen Bandwurm in klarem Wasser, was fürwahr eine seltene Beobachtung ist, die wenig reizvoll erscheint. Jemand will ihm Schmerz zufügen. Wer ist dieser Parasit in seinem Leben? Eine merkwürdige Planetenkonstellation macht die Menschen auf sich aufmerksam: Venus zwischen Erde und Sonne. Ein Umstand, der Sven sehr nachdenklich stimmt und ihm die Begrenztheit des menschlichen Verstandes vor Augen führt. Diese Konstellation öffnet neue Türen, und die Dinge kommen nun doch in Bewegung. Sven vertraut auf seine Ehrlichkeit. Sein Kindheitstrauma wird ihm wieder bewusst – mit den damit verbundenen Gefahren. Die von Sven gesetzten Schritte sollten ihn seinen Zielen näher bringen.

Sven sieht danach bei einer Busfahrt zwei Bürokraten – Christian und Manfred, wie sie sich vom Acker machen. Sven hingegen sitzt im Bus. Peter, ein Regisseur, weist ihm einen Platz zu, aber etwas davor am Fenster bitte. Es folgt für Sven eine Zeit des Wartens. Sven steht dabei alleine, aber in Freiheit. Er ist sich bewusst, dass er alleine steht und daher der Gefahr der Zerstörung ausgesetzt ist. Das Leben auf diesem Planeten unterliegt einem fragilen Gleichgewicht. Er und es kann jederzeit zerstört werden. Ludwig verhält sich daraufhin bei einem Empfang, der für Sebastian gedacht war, am Ort seiner eigentlichen Bestimmung beleidigend gegenüber Sven. Darauf geht eine Maß Bier mit Bierrettich! Eine Angewohnheit, die auf die nächsten zwölf Monate beschränkt bleibt – selbst die doppelte Dosis geht.

Ein kleiner Ausflug, bei dem man Erfahrungen austauscht, die entlarvend wirken und das Klima verbessern sollten... Danach ist Sven wieder fest entschlossen. Es zieht ihn nach Russland und seiner interessanten Kultur – St. Petersburg. Er hält aber schließlich doch zuvor am Grenzbalken und betrachtet es nun aus der Ferne – doch so nah. Man erfreut sich seiner Präsenz, nach anfänglichen Missverständnissen. Nun bricht in der Zwischenzeit gar Maria mit vier weiteren in seine Wohnung ein. Es wird Sven nur ein Ring, besetzt mit einem Lapis Lazuli und Diamanten, entwendet. Svens spanischer Anwalt erleidet danach einen Schwächeanfall.

Timothy ist über diese Vorfälle schockiert, und Sven bleibt so über all das letztlich uninformiert. Nun treten in allen Angelegenheiten auch noch zwielichtige Neider auf den Plan. So steckt denn in den meisten Menschen doch mehr, als man glauben möchte, sie wissen nur zumeist nichts davon.

Sven beendet seinen Russlandaufenthalt am Grenzbalken mit einem feucht-fröhlichen Wodkaabend. Er bleibt nicht ganz ohne Folgen, aber man hat Verständnis dafür. Letztlich konfrontiert ein politisch angehauchter Anwalt Sven dabei mit der Rechtslage in Vietnam, die Svens Vorstellungen widerspricht. So bleibt es ungetan, und es kommt nun doch dazu. Die europäische Rechtslage erlaubt es jedoch nicht, und Sven stellt das auch entsprechend klar. Sven zertritt diese drohende riesige Hornisse vor Zeugen und verhindert so, dass sie Eier legt. Das alles spielt sich letztlich am Ort seiner eigentlichen Bestimmung ab.

Sven geht nun mit Bettina essen. Danach trifft er plötzlich auf ein kahles, abgeräumtes Feld ohne jeden Humus. Seine Tante meint später dazu, ob er darauf auch etwas erkennen könne. Oh ja – Calcit.

Er macht danach im Traum das Grab von Robert Redford aus, das mit „EBEL" gekennzeichnet zu sein scheint, aber kein Datum trägt – es ist nur ein Traum!

Es handelt sich hier jedenfalls um einen Sprachfehler, da hier wohl vom Übel die Rede sein sollte. Das steht nun so für sich im Raum.

Dieser Sommer ist irgendwie herrlich verregnet.

So erscheint die Situation klar, und Sven ist voller Zuversicht. Man beginnt mit dem Fällen von Alleebäumen, was aber schließlich doch wieder abgestellt wird. Merkwürdigerweise wird dadurch die Sicht auf Svens Appartement – wohl eher unbeabsichtigt – freigegeben. Dies könnte am Ende noch mit dem Versuch enden, den Einbruch bei ihm im Nachhinein zu rechtfertigen. Sven beginnt seinen zweiten Versuch, Azaleen zu pflanzen. All dies treibt ihn wieder an die Grenzen des Wahnsinns, dem eine gewisse Orientierungslosigkeit folgt. Brigitte macht ihm erstmals danach wieder Hoffnung. So scheint sich das als erforderlich zu zeigen, was man tun soll, da man es will, aber nicht notwendigerweise alles tun sollte, was man könnte, und das tue man dann aber auch wirklich. Man sollte sich dabei schließlich auf das konzentrieren, was man wirklich kann, und nicht alles Mögliche tun, nur weil man die Gelegenheit dazu finden kann, da es einem die Freiheit erlauben würde.

Eine andere Angelegenheit wäre nun so weit gediehen – neue Wege. Sven beschreitet hier Neuland auf seinem Bedürfnis nach Leadership.

Hier beginnt gleich wieder am Horizont etwas zu leuchten, das aber nur zum Schein glänzt. Neil verstirbt überraschend in diesem Moment – Sven gibt ihm einen Wink. Es stärkt seine Zuversicht.

Sven wird jedoch in den politischen Szenarien neuerlich ausgegrenzt. Er beginnt danach wieder zu rauchen. Der Sommer ist vorbei, und das Wetter destabilisiert sich. Versuche zählen am Schluss ...

Sven beobachtet danach einen Biber, der seinen Bau gegen herantreibende Baumstämme zu schützen versucht. Er wird wieder einen langen Atem brauchen, auf den Schienen, auf denen er nun wird fahren müssen. Seine Freiheit und sein Glück haben viele Neider. Er begibt sich aber auch wieder auf Nebenschauplätze – nebst seinem eigentlichen Auftrag. Das ist jedenfalls neuerlich inspirierend. Es wäre aber irrational und daher wenig zielführend, dem weiter zu folgen.

Sven geht danach ins *Schwarze Kamel* – das kommt bei ihm nur selten vor.

Andererseits scheint in einer anderen Angelegenheit doch Björn die Ursache zu sein. Die Dinge beginnen sich also im Kreis zu drehen, und Sven steht alleine wie ein Fels in der Brandung. Er muss da durch, auch wenn ihn das alles neuerlich emotionalisiert. So wird er in nebensächlichen Dingen neuerlich wahrgenommen.

In der Hauptsache scheint er dabei aber nur zu überleben. Zwei Hunde scheinen ihn dabei bedrohlich angreifen zu wollen.

Es passiert Sven, dass sich wiederholt Selbstmörder vor Svens Züge werfen. Man kann froh sein, dass man sie nicht zu Gesicht bekommt – diese traurigen Gestalten. Es schockiert aber allemal. Man denkt hier wohl auch wieder an vieles andere, das um einen so passiert und mit dem man das so assoziiert. Sven erkennt sein Problem in seiner zeitlichen Dimension. Er fühlt sich dabei auch nicht allein gelassen. So geht er denn ein weiteres Risiko ein.

Lisette läuft Sven am eigentlichen Ort seiner Bestimmung über den Weg. Es wird ihm bewusst, dass sie es wohl war, die den Becher bereitet haben dürfte, der ihn vor nun fünf Jahren gereicht wurde. Es ist ein merkwürdiger Zustand, in dem er sich seither befindet. Sven ist sich seiner Risiken bewusst – auch des Sumpfes, in den er hier nun geraten ist.

Ein strenger Winter zieht ins Land. Die Menschheit hat sich wieder aufs Spekulieren verlegt – trotz allem. Sven beginnt nun regelmäßig ein Drücken in seiner Brust zu verspüren. Niedertracht und Rassismus gehen ihm durch den Kopf. Er empfindet ein großes Befremden am Ort seiner eigentlichen Bestimmung, wie er es hier immer empfunden hat. Es gab für ihn aber auch keinen anderen Ort, an dem er dies so hätte empfinden können. Dies scheint diesem Ort eigen zu sein – nicht nur im Falle Svens.

Johannes und Anton torkeln besoffen durch die Straßen der Stadt und verschlampen dabei Dokumente. Michele reicht japanische Texte ein. Ob er vom Geheimdienst ist?

Beide Vorfälle sind von geringer Konsequenz, tangieren Sven aber doch. Es scheint in einer Verwaltung nicht möglich zu sein, etwas zu tun, ohne damit andere zu tangieren. Svens Präsenz und Wahrnehmbarkeit in allen Dingen bleiben offensichtlich. Sven steht vor einer Ruine, aus der ihn alle darin tätigen Bürokraten angaffen, und er ist mit der Eifersucht dieser neuerlich konfrontiert.

Nun ist Sven mit Winkeladvokaten und Nachspioniererei konfrontiert, die ihn in seiner Existenz in Bedrängnis bringen sollen. Ein Strauß Blumen mit Mikrofon am Fenster als Willkommensgeschenk. Sicks sind von nun an in Zweifel zu ziehen. Sven kehrt danach an jenen Ort zurück, wo er sich am liebsten aufhält – wenn man ihn lässt!

Sven setzt einen weiteren Schritt, um ans Ziel zu kommen. Der Kellner im *Café Schwarzenberg* ist noch immer nicht freundlich zu ihm, aber es wird besser. Dieter lässt das Licht auf Sven fallen. Erwin schweigt dazu mit zornig aufgeblasenen Backen. Es wird wieder frühlingshaft mitten im Winter. Die Situation wird wieder surreal und absurd. Eine Situation, die man am besten gleich vergisst und danach tief und fest schläft.

In diesem intellektuellen Wechselbad der Gefühle droht wieder einmal der Wahnsinn, dort, wo man an die Grenzen des Denkbaren stößt. Vor allem dort, wo vermutlich bewusst falsch zitiert wird. Gut, wenn man das noch rechtzeitig erkennt. Man kann auch jenen nicht mehr trauen, denen man doch noch am ehesten vertrauen möchte. Dem Rassismus folgt die Einordnung als Spinner auf dem Fuß. Argumente ... die Korruption greift an jenem Ort von Svens eigentlicher Bestimmung wieder um sich. Es verbleibt Sven dabei noch genug Tinte, um dem zu begegnen, sodass es auch Allgemeingut werden kann. Das könnte leicht zur Lebensaufgabe werden. Peter, der Regisseur, begegnet ihm am Gehsteig neuerlich – diesmal scheint er ihn nicht wahrnehmen zu wollen.

Sven geht mit Bettina zur Vorstellung „Kasimir und Karoline". Es ist ein Tag der Aufarbeitung. Ein Mann mit Schnupftabak outet sich später als Gesinnungsgenosse. Vor dem *Café Central* läuft ihm Erhard über den Weg, der dabei über ihn hinwegblickt und mit seinem unzureichenden Schuhwerk dabei fast selbst ausrutscht. Er war also in die Angelegenheit auch involviert. Also wer ist nun letztlich er in diesem Moment der Wahrheit in der Begegnung?

Es folgen wieder Momente der Unruhe. Die Situation beginnt sich überall zuzuspitzen. Sven beginnt alles vor sich herzuschieben und alle Angelegenheiten über einen Zeitraum von vier Monaten auf den Punkt zu bringen.

Eine Portion Austern in der ersten Frühlingssonne gerät ihm dabei fast zum Verhängnis. Er beginnt danach eine klare Trennlinie zu ziehen und rodet dabei in seinem Leben auch dort, wo es erforderlich erscheint.

Schließlich zieht noch eine Gruppe der Krishna-Sekte an seinem eigentlichen Ort der Bestimmung an ihm vorbei, während er einen Blick auf den Abverkauf eines Buches von Christiane wirft. Auch damals in Florenz schien das so vonstattenzugehen, in einem Szenario, das orange erscheint. Ein Kreis schließt sich.

Ein Vakuum scheint sich vor Sven aufzutun. Alles spricht für ihn, und doch sind alle gegen ihn. Ein Sturm zieht heran – wohl einer im Wasserglas, weshalb Sven zuversichtlich bleibt. Sven sieht sich als Sieger aus allem hervorgehen, verkennt aber dabei nicht die menschlichen Abgründe, vor denen er neuerlich steht. Eine Weihe taucht nun dort auf, wo man sie nicht erwarten würde. Sie quert dabei regelmäßig die bereits bestellten und bepflanzten Äcker. Etwas verspätet wohl, aber doch noch zur rechten Zeit, um zurechtzukommen.

Sven hat nun Visionen eines Weltunterganges in einer großen Stadt, bei dem alles in die Luft fliegt. Wasser, Lava, Explosionen – die Menschen suchen sich organisiert zu retten. Ein Szenario, das ihm schon vor zehn Jahren in den Sinn kam. Man geht mit Sven danach sehr infam um.

Sven wird niedergeschlagen. Es bleiben ihm lediglich seine Schlüssel, als er wieder zu sich kommt.

Sven ist danach verwirrt. Es gerät ihm einiges durcheinander, und er scheint sich zu verzetteln. Sein politischer Auftrag gerät dabei in Gefahr. Sven kommt danach in eine Phase innerer Unruhe. Sven setzt schließlich aus seiner Sicht den entscheidenden Schritt in der entscheidenden Angelegenheit im entscheidenden Moment. Danach entspannt sich seine Psyche. Ein Aufenthalt im kleinen Kreise geht vonstatten. Ein klarer Himmel mit einer schönen Sternschnuppe erfreut Svens Gedanken. Sven hört danach wieder mit dem Rauchen auf. Ein unerwarteter „Querschläger" führt zu Interpretationsbedarf. Das Leben ist eben voller Überraschungen.

An seinem eigentlichen Ort der Bestimmung begegnet er danach überraschend Otto im Park. Er blickt ihn zuerst misstrauisch an, zollt ihm aber schließlich doch im Weggehen eine gewisse Anerkennung.

Sven wird danach von einer gewissen Unruhe befallen, in der ihm Eduard als der Kern seines Hauptproblems erscheint. Sven stellt beim Fahrradfahren seinen Sitz neu ein. Ella beobachtet ihn dabei. Danach fährt auf er die Avenue in der Grünwelle entlang - mit Alain und einem Bürokraten im Sozius. Es geht immer geradeaus bei hoher Geschwindigkeit.

Nach dieser Spritztour zieht es ihn umgehend für zwei Monate auf eine lange und ausdauernde Reise nach Venedig, Korfu, Athen und auf die Kykladen. Es scheint eine entspannende Zeit für ihn zu werden.

Ein tiefes Eintauchen in eine andere Welt der Gemeinsamkeiten und Gegensätze beginnt. Hotel *Atlantis* wird zum Synonym für sein Unterfangen. Im Moment der tiefen Erkenntnis schafft eine Reisebekanntschaft Abwechslung. Und schließlich findet sich Sven unter seinesgleichen wieder und erkennt so neuerlich das bereits Vertiefte in all seiner Dimension. Also daher weht der Wind nun wieder. Und der Wind bläst ihm dann auf den Kykladen schön um die Ohren, inklusive entsprechender Schräglage, was ihn mehr begeistert, als er sich dadurch bedroht zu fühlen scheint.

Neubeginn im Sonnenaufgang auf hoher See

Mit diesem Sonnenaufgang ist nun der Neubeginn vonstattengegangen, auf den Sven so lange gewartet hat. Seine Geduld scheint sich bezahlt zu machen. Im sicheren Hafen angelegt, nicht ohne davor alles in seiner Pracht und Herrlichkeit – wie auch in seiner Vergänglichkeit – erkannt zu haben, betritt er wieder festen Boden unter seinen Füßen. Es scheint ihm die Rolle des Beobachters zu bleiben. Der Kreis schließt sich von Neuem. Sven ist frei. Er trifft im Speisewagen des Zuges auf Beate, die dem eine gewisse Skepsis entgegenbringt, ihn aber doch als solchen anerkennt und sich für weitere Kontakte anbietet.

Sven trifft nun Vorboten jener Außerirdischen, die ihn fürwahr freudig empfangen. Er ist aber noch nicht am Ziel, und es ist nur eine erste Begegnung, die ihn letztlich dorthin führen sollte, wo man sie antrifft. Die Begegnung verläuft etwas steril, aber doch verbunden mit der Hoffnung auf mehr. Wenngleich ein Däumling gleich dazu meint: „Dös hätt i net glaubt, dass der no amoi zruckkummt."

Sven findet sich nun auf einer Party ein, wo wieder der Zuständige mit ihm mit einem Gläschen Roten anstoßen möchte. Seine Bereitschaft schwindet mit Svens Hinweis darauf, dass er dabei nicht so schreien soll. So verschüttet der Zuständige den Tropfen wieder. Sven scheint danach zufrieden zu sein und geht. Auf dem Weg nachhause trifft Sven auf einen kleinen Zwerg, der sich immer wieder überall hineinzwängt.

Er will noch schnell eine mit Sven rauchen – wo er doch gerade aufgehört hatte.

So liegen die wahren Gründe für ein Ereignis oft ganz woanders, als man es vermuten möchte. Diese Erkenntnis ist trivial, aber schockierend, indem man Zivilisation dabei nur als eine sehr dünne Lage auf unseren Alltag aufgebracht vorfindet. Die Barbarei, die sich darunter verbirgt, scheint dieselben Zyklen immer wieder zu wiederholen, denen letztlich nicht Einhalt geboten werden kann.

Nach diesen neuesten Vorfällen geht es nun wohl darum, dass man das tut, was man kann mit dem, was man hat dort, wo man ist. Die Weihe, sie quert noch immer im Fluge an dem Ort, wo man sie nicht erwarten würde, das blühende und reifende Feld, das nun bald erntereif erscheinen und danach brach liegen bleiben soll.

Es wird wieder Herbst. Die Wildgänse ziehen davon. Auch Sven kehrt daher diesem Ort bis zur Wiederkehr den Rücken. Svens Zug fährt nicht, er steht noch in der Garage und scheint defekt zu sein – möglicherweise Sabotage. So weicht er denn auf einen anderen aus. Er hat dabei Glück, dass dabei manches übersehen wird und man manches auch nicht sehen will. Diese Zugfahrt lässt ihn kulturelle Grenzen klarer erkennen, womit eine vermeintliche Panne, die zwar Mehrkosten verursacht, ihm zum Vorteil gereicht.

Es wird eine entspannte Reise ohne Stress. Sie führt ihn in den engeren Kreis zurück, in dem er nun ungewöhnlich lange verbleibt. Hier findet sich auch Zeit zur Pfirsichernte in diesem Jahr. Sie fällt reichlich und köstlich aus.

Sven schläft nun – bildlich gesprochen – unter der Brücke, die er zuvor bereits gequert hatte. Nächtens bedroht ihn ein Wildschwein dabei. Der Faschismus wird in Svens Leben wieder zur Bedrohung. Michel und Marc stehen ihm dabei bei. José Manuel macht gegen ihn Druck. Es ist der Weg in die Freiheit, der nun bedroht erscheint. Es scheint auch Gottes Gerechtigkeit im Spiel zu sein. Da der Mensch nun mal irrt, kommt er nur mit Menschlichkeit ans Ziel. Ansonsten steht er vor Konflikt und Katastrophe. Im Moment des Todes erwacht er nun zu neuem Leben. Wo kommen all diese Aggressionen nur her? Abhörung steht gegen Abhörung, Skandal steht gegen Skandal. Neuerlich ein Erdbeben, das die Welt erschüttert. Sven beginnt danach seine eigene Position zu hinterfragen. Er erhält dabei unerwartet Aufmerksamkeit und ein Geschenk, worauf er gerne verzichten kann.

Die Gesellschaft um ihn verändert sich, aber Sven bleibt auf Schiene. So bleibt sein Hauptanliegen – Freiheit – gewahrt. *Il a senti quelque chose – c'est fait. On semble t'il c'est bon.* Unter der Brücke begegnet ihm nun allerlei Getier, wie Schweine – das nicht seines zu sein scheint, Wildschweine – sogar ein Nilpferd, das seine Sehkraft am linken Auge bedroht. Sven bewahrt dabei Ruhe.

Man möchte fast sagen – wie immer. Das Nilpferd furzt nun aus dem Maul. Eine Erscheinung die es sowohl in freier Wildbahn wie auch im Zoo zeigt.

Es kündigt sich an, dass die von Sven unter der Brücke ausgetragenen Konflikte ihre Berechtigung haben, da man ihn billig abfertigen möchte bzw. in die Situation unnötig Probleme hineininterpretiert.

Der Winter zieht nun heran. Es scheint ein Frühling mit teilweise frühsommerlichen Temperaturen zu werden. Aber was schert die Natur diese Definition menschlichen Daseins. An diesem Abend steht der zunehmende Halbmond an Svens Fenster, wie er in seiner Klarheit selten zum Greifen nahe erscheint. Eine glückliche Kindheit ist das schönste Geschenk, das man einem Menschen machen kann.

Feilschen um ein Stück wertlose Erde und um einen Blätterwald, dessen Blätter letztlich nur im Fallen des Herbstes ein Rinnsal bedecken sollen, das nun Sven mühsam auf den Punkt bringen soll. Ein Haufen Papierkram, in dem alles vergeht, sodass letztlich nur Schall und Rauch zurückbleiben. Eine Rückkehr in die Unterdrückung in einem sich auflösenden Umfeld ist keinesfalls wünschenswert. Es ist alleine befriedigend, diesem Wahnsinn überall um sich entgangen zu sein.

Das Leben ist vor allem auch Illusion, ansonsten wären wir nicht das, was wir sind, wenn wir nicht in der Lage gewesen wären, uns immer wieder etwas vorzumachen. Die Illusion bereitet uns dabei den Antrieb, den wir brauchen, und sohin den Stillstand hintanzuhalten und voranzuschreiten. So nimmt die Illusion denn manchmal bizarre Formen an.

Sven zerreißt es dabei fast. Die Niedertracht und die Abgründe um ihn im Sein, Sosein und Sollsein. Der Rassismus und die Ethnizität an allen Orten. Es gilt weiterhin anzuhalten an diesem Abgrund des Seins. Sven kehrt zurück in den kleinen Kreis. Auch dort entladen sich nun Spannungen gegen ihn. Ihn kann nun nichts mehr erschüttern, da er weiß, dass er das getan hat, was erforderlich war, um das auf den Weg zu bringen, was nun im Gange ist, um schließlich das herbeizuführen, was zu erwarten war.

Sven geht durch die Lehre des Wartens bei allen Dingen und ist dabei nur mit Bürokratie beschäftigt und kommt somit zu wenig anderen Dingen.

Also wenn man einem Menschen auf dieser Erde Probleme bereitet in seinem beruflichen Fortkommen, dann Sven ...

Die letzten Vulkane, die er gesehen habe, wären die erloschenen auf Sizilien gewesen?!

Und ansonsten – alles im Busch, nichts Fassbares, nur Diffuses ... warten eben ...

Es ist also alles in einer merkwürdigen Weise merkwürdig und von Merkwürdigkeiten begleitet, die merkwürdig sind, womit die Merkwürdigkeit dieser merkwürdigen Situation im Hinblick auf ihre Merkwürdigkeit hin nicht weiter merkwürdig erscheint, da die Merkwürdigkeit dieser Situation zum Normalzustand geworden zu sein scheint.

Da bist du einfach platt und sagste nichts mehr, weil ohnehin alles – wie denn auch so was ...

Es ist eben alles in einem kafkaesken Zwischenraum gefangen, der jenseits irdischer Wahrnehmungen unannehmbar verbleibt, da es an dem fehlt, was es braucht, wo es aber doch das hat, dessen es bedarf, und somit an sich alles vorhanden wäre – so muss es denn göttlich, jedenfalls außerirdisch sein, wozu man sprachlos bleibt – vollkommen neutralisiert wortlos alles ge-, ver-, vor-, für-, -fach, sein ...

Oder ist es schlichtweg nur der Wahnsinn in einem ... oder aber dieser Planet an sich in seinem Abgrunde des Seins ...

Jedenfalls waren es die erloschenen Vulkane der Südsteiermark, die Sven zuletzt gesehen hatte. Jene auf Sizilien wurden von ihm noch nie betrachtet.

Es ist nun eben immer wieder Diogenes in ihm, der ihn verweilen lässt, was somit wortlos unkommentiert bleibt, weil es göttlicher nicht sein könnte.

Es ist nun plötzlich alles Leffe! Das Drücken in Svens Brust hat in letzter Zeit wieder zugenommen. Sven befreit sich nun endgültig davon. Die Realität, die in Zweifel stand, ist nun Realität geworden. Sven gewinnt dabei den Eindruck, dass er nun älter geworden sei. Die Sechs wird zur Neun, und die Ordnung wird danach wiederhergestellt, wenngleich sie dabei kopfzustehen scheint.

Man ist geneigt, alles als eine Farce zu betrachten, damit würde man aber die Bedeutung dessen für die anstehenden Entscheidungen verkennen. Diese Farce wird nun die Grundlage dafür sein, was weiter geschieht. Die Zeit der einfachen Wahrheiten ist nun endgültig vorbei.

So quert Sven denn auf zwei feinen, glänzenden Mahagonibrettern in sanftester Art und Weise, ohne dabei Schaden zu nehmen, da die Brücke, unter der er schläft, noch immer nicht fertig ist. Er wird dabei misstrauisch von jenem politischen Anwalt, der ihm Vietnam androhte, beäugt, ohne dass man ihm dabei etwas anhaben könnte.

Daniel ist wieder zurück und lässt nochmals begeistern.

Ein amerikanischer Transkontinentalzug nimmt nun in einem langsam anlaufenden Tross mit Destination Rotterdam langsam Fahrt auf und gerät dabei in einen langen Tunnel hinein, bei dem ihn noch ein japanischer Kamikaze mit Raketengeschwindigkeit überholen möchte. Wer da wohl als Erster wieder lebend rauskommt?

Sven ist nun im zehnten Jahr auf seiner Odyssee, die ihn bis zu den Botschaftern der Außerirdischen geführt hat. Es gibt nun Scherben – das bringt Glück!

Das *Café Imperial* ist nun auch neu renoviert. Es hat die letzten einhundert Jahre endgültig hinter sich gelassen. Nun glänzt es neu mit Mahagoniböden. Ha, Peter der Impresario, hier ist er wieder, er saß die ganze Zeit hinter Sven, und nun grinst er in sich hinein.

Im Fond von Svens Wagen reist nun schon seit einiger Zeit der Versicherungsmakler mit – er ist stets bereit. Ob er nun Svens Rede vor dem Parlament verhindern kann? Der Kreis ist geschlossen. Es ist alles fein.

Es sind nun jedenfalls noch zehn Monate, bis der Asteroid einschlagen soll, und noch weiß keiner was davon. Man scheint nicht in der Lage zu sein, etwas zu erkennen. Jedenfalls steht davor noch eine besondere Konstellation ins Haus: Mars in Opposition zur Sonne.

Mit der Einsamkeit Svens dürfte es für den Fall eines Asteroideneinschlags jedenfalls vorüber sein. Sie trifft für diesen Fall die gesamte Menschheit an sich. Und es war keinesfalls Sven, der dies als Erster erkannt haben könnte. Eben keiner erkennt's wieder einmal. Ob es daher stattfindet oder nicht, wagt niemand zu sagen, und es macht sich wohl letztlich auch keiner ernsthafte Gedanken darüber. Man sucht weiter nach Schuldigen und vergisst dabei die eigentliche Gefahr zu erkennen. Oder ist das alles am Ende irrational – schon im Ansatz?

Letztlich könnte dieser Asteroid auch jene Außerirdischen treffen, die schließlich zu uns gelangen sollten. Womit es dann für uns Erdenbürger doch ein gutes Ende nehmen könnte, sofern die Begegnung miteinander so freundlich ausfällt, wie hier erwartet. Aber das sind nun reine Hypothesen.